Existência

Livro De Poemas

Mari Trevisan

Preparo de originais: Gabrielle Antunes
Revisão: Rayanne Cholbi
Diagramação: Samanta Paleari
Capa: Fernanda Pereira

Catalogação na publicação
Elaborada por Bibliotecária Janaina Ramos – CRB-8/9166

T814e

Trevisan, Mariana

Existência / Mariana Trevisan. – Rio de Janeiro: Ases da Literatura, 2022.

N p. 54; 14 X 21 cm

ISBN 978-65-84796-22-5

1. Poesia. 2. Literatura brasileira. I. Trevisan, Mariana. II. Título.

CDD 869.91

Índice para catálogo sistemático

I. Poesia : Literatura brasileira

Editora Ases da Literatura

www.asesdaliteratura.pt

Existência

Livro De Poemas

Mari Trevisan

NOVOS
ASES

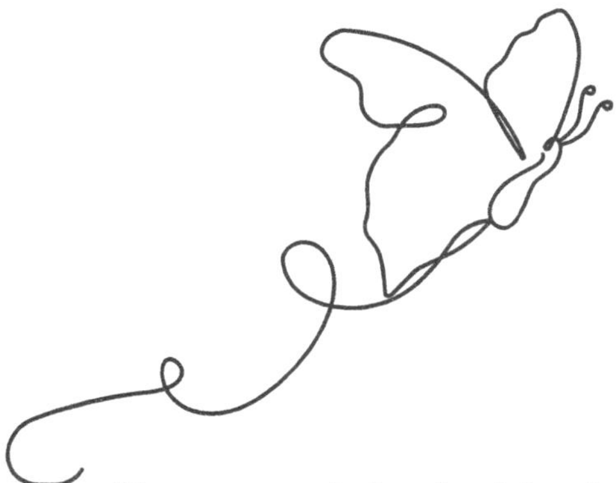

Em memória de Maria Helena,
quem primeiro me incentivou a
escrever poesia.

Ilusão

Eis a Ilusão
Tão frágil e tão letal
E eis que essa
Transforma-se em

Névoa, a brilhante Névoa
Brilhante como uma lua cheia
E eis que essa
Transforma-se

Em Fogo, o ardiloso Fogo
Tão atraente, tão carinhoso,
E eis que esse

Transforma-se
Em
Eternidade.

Libélula

Vejam as libélulas
As libélulas invertidas
As libélulas
A libélula

Que, como uma borboleta invertida
Um dia
Encontrará a luz.

Vida

Viva a vida
Pois essa,
Sem palavras,
Não é nada.

Aproveite o dia,
Que um dia será o último.

Viva,
Sem arrependimentos,
Pois não há nada a perder.

Viva, pois é tudo.
Viva,
Como se não existisse.

Anjo

Anjo,
Pois ele
Salvou-me das trevas.

Agora vejo seus braços
Feitos de luz.

Mas como posso saber
Se este é mesmo um deles

Se
Nem sempre a luz traz o bem,
E nem sempre a escuridão
Traz o mal?

Resta a dúvida.
Anjo, diga-me,
Você é real?

Cristal

O Cristal,
Luz resplandecente.

Vejo-o em meu quarto
Sob a luz do crepúsculo
Essa aurora brilhante.

O cristal, cujas múltiplas faces
Revelam mil cores
Num dia de sol.

E, ao mesmo tempo,
Mostram que é possível
Ver

O passado,
O presente,
O futuro.

Lua Cheia

Com sua luz prateada
Ela nos mostra
A luz da esperança.

A grande Lua,
Que é imortal,
Pois digo à senhora branca
"Não te aflijas, estamos aqui".

Pois, em breve,
Isso será
Uma solene despedida.

A Lua que brilha, brilha,
A Lua que é a mãe da Noite.

Teus inúmeros braços estendem-se
Como se quisesse alcançar
O Infinito.

Porque esta é a lua cheia
Brilhante que só ela.

A Lua, que vive,
E sempre viverá,
Até o Infinito.

Mãe Terra

Oh Gaia,
És tão bela!
A humilde mãe
Que nos guarda.

Senhora Terra,
Acolhe-me em tua mata,
Cuja vida nunca acaba.

Em teu seio materno,
Ajuda-nos a preservar
Teu carinho fraterno.

Gaia, peço-lhe
Que entenda que sentimos
Em feri-la.

Mãe Gaia,
Quero que viva para sempre.

Olha nos meus olhos
E vê o reflexo de meu amor
Espelhado em teu sorriso iluminado.

Mãe Terra,
Em tua casa,
Investiga minha alma.

Ajuda-me a ver
Os espelhos de tua alma.

Oh, Gaia...
Alcança-me a janela
Da Esperança.

Vede minha essência
Ajuda-me a desvendar-te.

Dá-me esperança,
Vive até o fim do mundo.

O Último Entardecer

Não vejo nada.
Não sinto nada.
Quem sou eu?

Estou congelada.
Estou com tanto medo.
Morrerei sozinha,
Mas amada.

Aquela de olhos vermelhos me assusta,
Eu sei que não está tudo bem.
Perdoe-me
Por tudo de errado que eu fiz.

Mas não me mande
Para as portas
Do Inferno.

Meu espírito solta-se de meu corpo,
Sinto minha última respiração
Onde estará você?

Encontro uma mulher
Que me dá esperança,
E me desperta de meu sono profundo.

Agora sei quem sou,
Embora sempre haja dúvidas.
Como pode o sangue ser minha salvação
E justificar a dor que causei no passar dos tempos?
O que eu fiz?

Preciso morrer para me sentir viva.

Espero os lobos
Que me levarão para outro lugar.
Um lugar chamado casa.
Um lugar onde eu seja perdoada.

Espero, um dia
Adentrar os portões
De um novo coração.

Tão longe,
Sentindo sua falta.
Não é como se eu fosse eu mesma.

Faça de meu coração um lugar melhor,
Dê-me algo em que eu possa acreditar.

Espero que dor se esvaia
Enquanto sou observada
Pela mulher
Que sente o ritmo de minha última respiração.

“Eu a escolhi.”

Abro meus olhos
Para uma nova vida.

Menina

A pequena menina,
Cuja mente onisciente
Desabrocha
Como uma rosa crescente.

Tal qual a superfície estrelada,
Os olhos da menina brilham
Como uma estrada de água.

E eu,
Choro lágrimas cristalizadas
Como a noite sob o brilho do crepúsculo,

E então posso ver
Um novo dia raiar.

Descoberta do Ser

Lua nova,
Criança alva,
Sorriso inocente.

Lua crescente,
Coração ardente,
Juventude onipotente?

Olhe-se no espelho
Não veja feições infantis,
E sim alguém em formação.

Lua cheia,
Vida feita,
Adolescente.

A fênix incandescente
Resguarda
Tesouro suficiente.

Tesouro esse,
A ser descoberto
Pelo adolescente.

E tal qual uma rosa
Em botão
Se abrirá.

Serviçal

Garota ancestral,
Olhos vermelhos
Em um pedestal,
Cabelos feitos.

Profecia,
Alma mortal
Condenada
A cárcere infernal.

A dor corrompe,
Causa sofrimento,
Sangue e tragédia.

E tal qual
Flor pesarosa
Murchará.

Lápide

O sol nasce,
Cálida ressurreição.
As portas se abrem,
Vida incompreendida.

Será a ilusão
A origem de tudo?

O que fazer
Quando os relógios não param,
Quando as areias do tempo não voltam?

Fecha teus olhos,
Vê a Lua iluminar tua alma.

Busca uma razão
Para tua existência.

Paraíso

Ar que é vida,
Água que revida,
Fogo que aviva,
Terra que sustenta,
Espírito que constrói.

Cerejeiras florescem,
Lótus se abrem,
As portas douradas
Mistério da morte.

Almas imaculadas,
Reencontro sagrado,
Luz que nos abre,
Paraíso.

Última Respiração

Minha vida foi tirada.
Agora, deitada em seus braços,
Sinto o vento sussurrando,
Na copa das árvores brancas.

Enquanto eu respiro pela última vez,
Minha vida passa
Pelos meus olhos.

A incompreensão
Foi o berço de tudo.

Talvez eu possa
Mudar tudo agora.

Compreendo o que diz,
Tal como a fênix,
Ressurjo.

Meu último suspiro
É o início de nova vida.

Levanto, ando,
Miro o lago estrelado.

Agradeço aos céus
Por viver novamente.

Devaneio

Lua cheia
Resplandece
Flor do Luar.

Alma

Olhos
Evanescem
A névoa.

Eterno

Sangue,
Gelo,
Eternidade.

Introspecto

Janela do castelo
Vede a união
Esmero.

Contempla a paixão
Do sangue, seu ardor,
Ferrão.

Vida eterna, furor.
A noite é a vida.
Estima-a.

Aos Quatros Ventos

Lótus que floresce
Lycoris que decresce
Espelho dupla face.

Joia incompreensível,
Verão frio,
Inverno quente.

Cálida respiração,
Lágrima do coração.

As folhas caem na primavera,
O mundo não mais floresce.

Sinta apenas a vida
Que escorre de sua pele
Estilhaçada.

Campina

Na noite sem Lua,
Profunda na floresta fria,
Há um longo uivo
Que me envia calafrios na espinha.

O sol está nascendo
Vários caíram por nós,
O sangue banha a campina.

Seu uivo ainda perdura,
Na manhã florida.
Será esse o fim?

Expectativa

Escrevemos por diversão,
Mas nossa paixão
De repente nos traz
Profunda reflexão.

Não temos missão,
Nosso guia
É a intuição.

E tal qual o casulo
Um dia nos abriremos
Para a luz do novo mundo.

Frozen

As I stare at the sunset
My empty heart knows
Pain is just the simple compromise
Of a broken heart.

And I hope, deep inside,
That someday my heart
Will be defrosted
When this rigorous winter comes to an end.

Congelada

Enquanto olho para o pôr-do-sol
Minha mente vazia sabe
Que a dor é o simples compromisso
De um coração partido.

E eu espero, lá no fundo,
Que um dia meu coração
Seja descongelado
Quando este rigoroso inverno
Chegar ao fim.

The Future Remains Unseen

O the kite above the stone
O the children run and play.
What is the spark that started life?
Tell me, stranger of the Unknown Shadows,
What brings you here?

Where is the green meadow?
Will the child come and play?
As the dying rose falls,
The future remains unseen.

A full tavern
Of voices chatting, singing and dancing.

The rose dies
And the future remains unseen.

Go, go to the Unseen Shadows
And brings us your darkened soul.

O Presente

O Sol nasce,
A noite se vai,
O presente cresce.

Um novo dia cai,
Mais um ano começa,
Em seu dia.

Cumpra-se
Mais um ano na Terra.

Existência

Seja o amanhecer
A mais vã filosofia,
O entardecer a mais bela agonia,
O anoitecer traz o ar da magia.

Sinta sua alma escorregando de seus lábios,
Indo parar em outro ser gentil.

Que a escuridão brote gentil de suas palavras,
Que te faça dormir.

Seja o mar a mais pura existência,
Pura se vai a vida.

Insensata Poesia

Vede em teus olhos
A insensata poesia
Que me traíra,

Relevando a ti
As loucuras da morte.

Seja esta a pura letargia,
Arrepende-te!
Recomponha-te!

Seja a vida mera poesia,
Sois sua pior agonia.

Meia-Noite

Meia-noite,
Os sinos tremem.
As doze badaladas
Trazem as trevas.

Sinta seu sangue
Congelar em suas veias.
Sinta os calafrios
Da não-vida.

Uma mão gelada me toca,
Não parece alguém morto.
Apenas seu sorriso
Tudo revela.

Sangue escorrendo.
Onde está meu sangue?
Por que fui tão imprudente?

A Lua aparece.
Lua cheia, escarlate,
Coração acelerado.
Ainda bate?

Mas, oh!
Que luz é aquela?
Luz vermelha.
Vejo um portão se abrir.

Não é real.
Muitos deles saem.
É real.
Apenas um portão comum.

Então o vejo olhando para mim.
Meia-noite e um.

Lobo Guerreiro

Acorde, acorde.
Veja a Lua no céu,
Ela o ajudará.

Lobo Guerreiro,
Corra,
Ainda há tempo.

As flores não morreram,
Este mundo não chegou ao fim.

Não olhe para o sangue,
Vá
Para onde tudo começou.

Fique na neve,
Olhe para cima,
Veja uma manhã nascer.

Questionamento

Que é a vida,
Senão uma breve passagem?
Tão pouco tempo
Ainda muito longe.

Que é a morte,
Senão o fim de tudo?
Estamos fadados a comer terra até o fim dos tempos,
Enquanto descobrimos que não há nada além de nós?

É a alma tudo que temos?
Como pode ser, já que
Não somos nada além de
Poeira estelar?

Como pode haver um fim
Se não há um começo?

A ardente chama da esperança
É apenas uma utopia,
Pois estamos fadados à desgraça.

Para que amar,
Se a pessoa amada morrerá?
Seremos esquecidos ao longo do tempo?
O que é nossa vida?

Se há uma Eternidade,
Que seja gentil enquanto formos dignos.
E, oh, rezo para que haja
Uma porta por onde se possa ver

O verdadeiro mundo, pois
Podemos estar no inferno.
Aproveite cada minuto,
Pois não há mais volta.

A Escolha

Uma imensidão branca à sua frente,
Duas pessoas que não conhece.
Elas sorriem para si
Doces palavras saem de seus lábios.

Aproxima-se, cautelosa.
Consigo muito se parecem,
Estão orgulhosos.

É uma heroína, dizem,
E por tal fato lhe é dada
Uma escolha.

Um paraíso com águas cristalinas
E prados verdejantes
Ergue-se.

Emocionada, sente a vazão
Dos sentimentos,
O tempo não mais flui.

Minh'alma se enche de alegria,
O lugar é bom demais,
Perfeito demais.

Eles sorriem,
Como é difícil pensar!
Não sente mais dor,
O sangue não mancha seu corpo.
A Escolha.
"Ficar aqui para sempre,
Voltar com a intenção de vencer."

Apenas uma chance lhe é dada.
Eles estão mortos, mas
Ainda há uma centelha de vida em si.

O tempo está acabando.
A decisão é difícil.
Não abandonará quem ama.

E, assim, volta,
Apenas para sentir seu último suspiro,
Ao partir rumo à eternidade.

Escarlate

O sangue vermelho, metálico,
Escorre de sua pele
Deitado no chão frio,
Vê a guerra.

Gritos, lamentos, risadas,
Corpos caindo e se levantando.
Sangue escorrendo,
Sangue que lava o chão.

A noite avança.
Corpos mutilados, tiros lançados,
Crianças chamam por seus pais.
O lamento da fênix é ouvido.
Que noite é essa, que os dias não trazem mais?

Levanta-se, mancando.
Os gritos cessaram.

Tudo o que resta é a multidão de corpos.
Enquanto o sol banha o seio da terra.

Dark Water

Let us swim together
On the dark shores of Italy.
Dear, tell me what you feel.
Do you fear the innocence, the ballad of souls?

Swimming animals passing by
Your body shivers, then freezes.
The dark water takes its toll.

Água Escura

Vamos nadar juntos
Nas costas escuras de Itália
Querido, diga-me o que sentes.
Temes a inocência, a balada das almas?

Animais nadando passam por nós
Teu corpo treme, então congela.
A água escura cobra seu preço.

Soy

Soy una mujer que es fuego y agua.
Soy una leona, orgullosa y sin temor.
Soy la que caminó por montañas en la nieve.
Soy papel, pena y tinta.
Soy la que no se dejó llevar por el mar.
Soy la que pertenece a todos sitios y no
pertenece a ninguno.

Sou

Sou uma mulher que é fogo e água.
Sou uma leoa, orgulhosa e sem temor.
Sou a que caminhou por montanhas nevadas.
Sou papel, pena e tinta
Sou aquela que não se deixou levar pelo mar.
Sou a que pertence a todos os lugares e que
não
Pertence a lugar nenhum.

Sobre a autora

Mari Trevisan é paulistana, tem 26 anos e, há alguns anos, sua criatividade aflora por meio da escrita de fantasia. Cursa Letras-Alemão na Universidade de São Paulo e a paixão por culturas e idiomas diferentes a levou para locais tão distantes, como a Coreia do Sul e a Espanha, em seus intercâmbios acadêmicos. Ao explorar o mundo, as culturas com as quais entra em contato a ajudam a criar novas histórias e a trazer novos significados para seus escritos.